NOVA VELHA ESTÓRIA

FITA VERDE NO CABELO

NOVA VELHA ESTÓRIA

FITA VERDE NO CABELO

JOÃO GUIMARÃES ROSA

ILUSTRAÇÕES

MAURICIO NEGRO

São Paulo
2022

global
editora

1ª Edição, Global Editora, São Paulo 2022

Jefferson L. Alves – diretor editorial
Flávio Samuel – gerente de produção
Juliana Campoi – coordenadora editorial e revisão
Danilo David – coordenador de arte
Jefferson Campos – assistente de produção
Mauricio Negro – capa, ilustrações e projeto gráfico
Taís do Lago – diagramação

O conto "Fita verde no cabelo (Nova velha estória)" foi extraído da obra de João Guimarães Rosa, *Ave, palavra.* São Paulo: Global Editora, 2022. p. 87-88.

Dados Internacionais de Catalogação na Publicação (CIP)
(Câmara Brasileira do Livro, SP, Brasil)

Rosa, João Guimarães, 1908-1967
    Fita verde no cabelo : nova velha estória / João Guimarães Rosa ; ilustrações Mauricio Negro. – 1. ed. – São Paulo : Global Editora, 2022.

    ISBN 978-65-5612-324-0

    1. Contos - Literatura infantojuvenil I. Negro, Mauricio. II. Título.

22-115334   CDD-028.5

Índices para catálogo sistemático:

1. Contos : Literatura infantil   028.5
2. Contos : Literatura infantojuvenil   028.5

Cibele Maria Dias - Bibliotecária - CRB-8/9427

global
editora

Global Editora e Distribuidora Ltda.
Rua Pirapitingui, 111 — Liberdade
CEP 01508-020 — São Paulo — SP
Tel.: (11) 3277-7999
e-mail: global@globaleditora.com.br

 globaleditora.com.br   @globaleditora

 /globaleditora   @globaleditora

 /globaleditora   /globaleditora

 blog.grupoeditorialglobal.com.br

Nº de Catálogo: **4463**

NOVA VELHA ESTÓRIA

FITA VERDE NO CABELO

JOÃO GUIMARÃES ROSA

HAVIA UMA ALDEIA EM ALGUM LUGAR, nem maior nem menor, com velhos e velhas que velhavam, homens e mulheres que esperavam, e meninos e meninas que nasciam e cresciam. Todos com juízo, suficientemente, menos uma meninazinha, a que por enquanto. Aquela, um dia, saiu de lá, com uma fita verde inventada no cabelo.

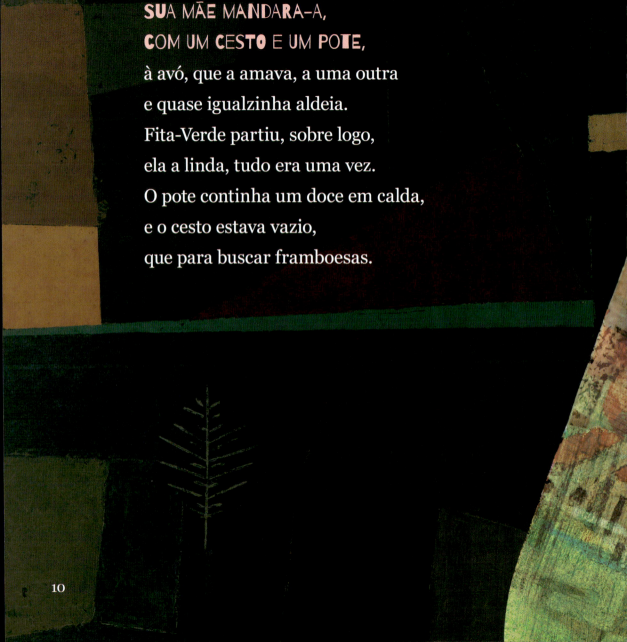

SUA MÃE MANDARA-A,
COM UM CESTO E UM POTE,
à avó, que a amava, a uma outra
e quase igualzinha aldeia.
Fita-Verde partiu, sobre logo,
ela a linda, tudo era uma vez.
O pote continha um doce em calda,
e o cesto estava vazio,
que para buscar framboesas.

DAÍ, QUE, INDO, NO ATRAVESSAR O BOSQUE,
viu só os lenhadores, que por lá lenhavam;
mas o lobo nenhum, desconhecido nem peludo.
Pois os lenhadores tinham exterminado o lobo.
Então, ela, mesma, era quem se dizia:
— Vou à vovó, com cesto e pote, e a fita verde
no cabelo, o tanto que a mamãe me mandou.

A **ALDEI**A E A **CAS**A ESPER**ANDO**-A A**C**OLÁ,
depois daquele moinho, que a gente pensa que vê,
e das horas, que a gente não vê que não são.

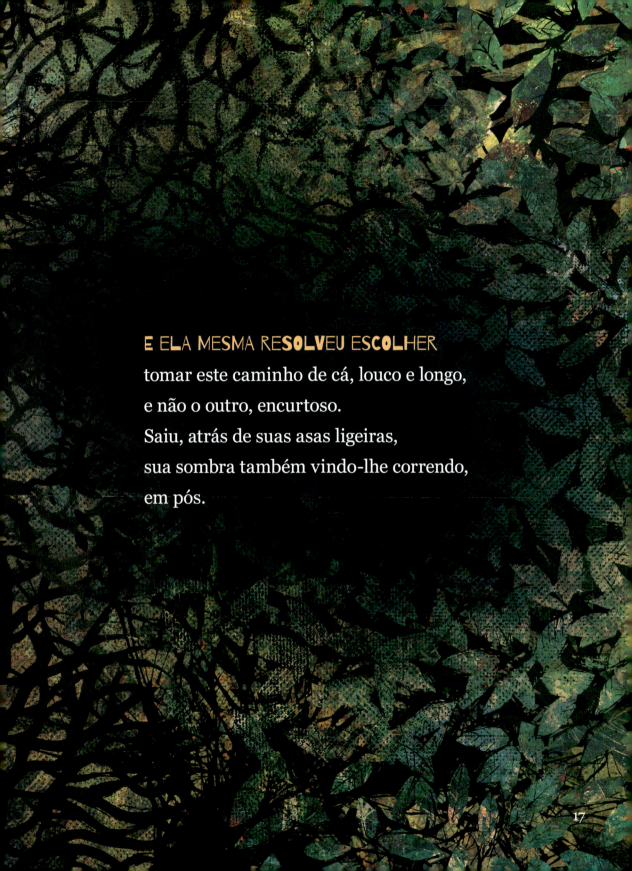

E ELA MESMA RESOLVEU ESCOLHER
tomar este caminho de cá, louco e longo,
e não o outro, encurtoso.
Saiu, atrás de suas asas ligeiras,
sua sombra também vindo-lhe correndo,
em pós.

DIVERTIA-SE COM VER AS AVELÃS DO CHÃO NÃO VOAREM,
com inalcançar essas borboletas nunca em buquê nem em botão,
e com ignorar se cada uma em seu lugar as plebeiínhas flores,
princesinhas e incomuns, quando a gente tanto por elas passa.
Vinha sobejadamente.

Demorou, para dar com a avó em casa, que assim lhe respondeu,
quando ela, toque, toque, bateu:

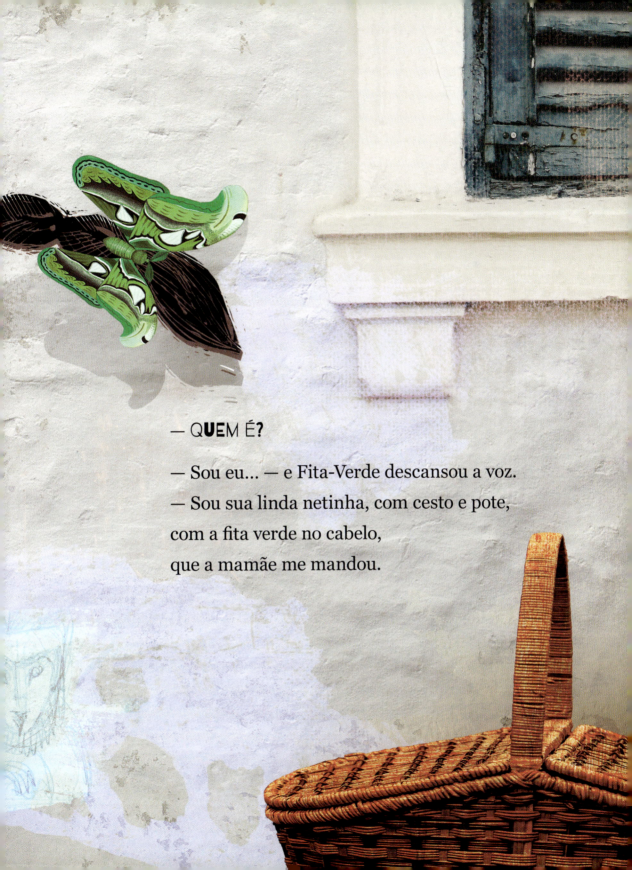

— QUEM É?

— Sou eu... — e Fita-Verde descansou a voz.
— Sou sua linda netinha, com cesto e pote,
com a fita verde no cabelo,
que a mamãe me mandou.

VAI, A AVÓ, DIFÍCIL DISSE:

— Puxa o ferrolho de pau da porta, entra e abre.
Deus te abençoe.

Fita-Verde assim fez, e entrou e olhou.

A avó estava na cama, rebuçada e só.
Devia, para falar agagado e fraco e rouco,
assim, de ter apanhado um ruim defluxo.
Dizendo: — Depõe o pote e o cesto na arca,
e vem para perto de mim, enquanto é tempo.

MAS AGORA FITA-VERDE SE ESPANTAVA,
além de entristecer-se de ver que perdera
em caminho sua grande
fita verde no cabelo atada; e estava suada,
com enorme fome de almoço.
Ela perguntou:

— VOVOZINHA, QUE BRAÇOS TÃO MAGROS, OS SEUS,
e que mãos tão trementes!

— É porque não vou poder nunca mais te abraçar,
minha neta... — a avó murmurou.

— VOVOZINHA, MAS QUE LÁBIOS, AI, TÃO ARROXEADOS!

— É porque não vou nunca mais poder te beijar,
minha neta... — a avó suspirou.

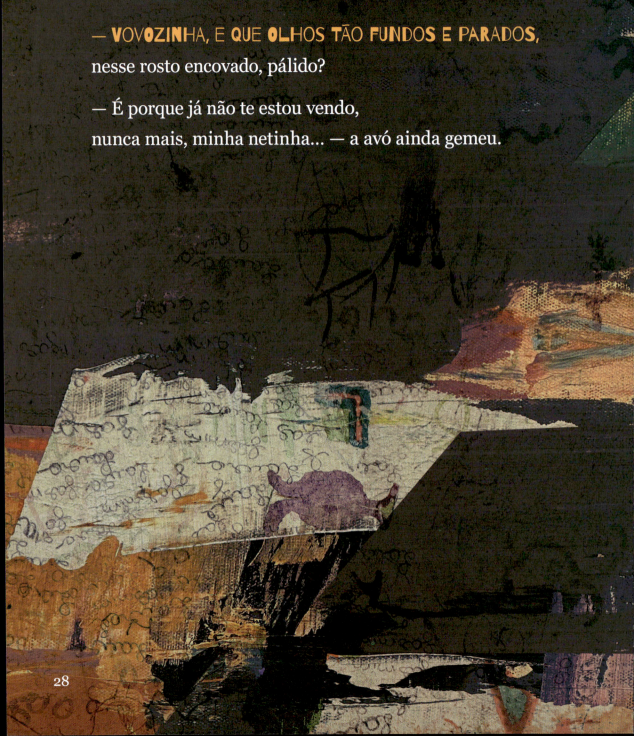

— VOVOZINHA, E QUE OLHOS TÃO FUNDOS E PARADOS,
nesse rosto encovado, pálido?

— É porque já não te estou vendo,
nunca mais, minha netinha... — a avó ainda gemeu.

FITA-VERDE MAIS SE ASSUSTOU,
como se fosse ter juízo pela primeira vez.

Gritou:
— Vovozinha, eu tenho medo do Lobo!

Mas a avó não estava mais lá,
sendo que demasiado ausente,
a não ser pelo frio, triste e tão repentino corpo.

JOÃO GUIMARÃES ROSA

João Guimarães Rosa nasceu em 27 de junho de 1908 em Cordisburgo, Minas Gerais, e faleceu em 19 de novembro de 1967, no Rio de Janeiro. Publicou em 1946 seu primeiro livro, *Sagarana*, recebido pela crítica com entusiasmo por sua capacidade narrativa e linguagem inventiva. Formado em Medicina, chegou a exercer o ofício em Minas Gerais e, posteriormente, seguiu carreira diplomática. Além de *Sagarana*, constituiu uma obra notável com outros livros de primeira grandeza, como: *Primeiras estórias, Manuelzão e Miguilim, Tutameia — Terceiras estórias, Estas estórias* e *Grande sertão: veredas*, romance que o levou a ser reconhecido no exterior. Em 1961, recebeu o Prêmio Machado de Assis da Academia Brasileira de Letras pelo conjunto de sua obra literária.

Foto: Mauricio Negro

MAURICIO NEGRO

Ilustrador, escritor, designer, pesquisador, curador e gestor de projetos quase sempre relacionados à diversidade natural e à pluralidade cultural brasileira. Desde os anos 1990, participa de catálogos e exposições em diversos países. Além do Brasil, publicou na África, na Ásia e na Europa.

Comunicólogo pela ESPM, pós-graduado em Gestão Cultural pelo Senac, é curador da galeria V8art digital. Foi conselheiro da Sociedade dos Ilustradores do Brasil (SIB). Recebeu prêmios e certificações, tais como os oito selos do Clube de Leitura ODS da ONU, The White Ravens (Alemanha), NOMA Encouragement Prize (Japão), The Merit Award/ Hiii Illustration (China), Seleção CJ Picture Book Festival (Coreia do Sul), Selos Distinção e Seleção Cátedra UNESCO de Leitura PUC-Rio, Prêmio AGES Infantil, Prêmio FNLIJ Figueiredo Pimentel, Prêmio Jabuti, Leia para uma Criança | Itaú Social, entre outros.

Conheça outros títulos de
João Guimarães Rosa
publicados pela Global Editora

A hora e vez de Augusto Matraga

As margens da alegria*

Ave, palavra

Campo Geral

Corpo de baile

Estas estórias

Manuelzão e Miguilim

Melhores contos João Guimarães Rosa

Noites do sertão

No Urubuquaquá, no Pinhém

O burrinho pedrês

O recado do morro

Primeiras estórias

Sagarana

Tutameia – Terceiras estórias

Zoo*

* Prelo